中公文庫

ほんの豚ですが

佐野洋子

中央公論新社

目次

ほんの豚ですが

兎

兎の家に行くと、どの家にも「家族仲よく」という額がかかっていて、その前で、大家族が食事をしていた。

キャベツをコリコリ食べながら父親は「人のふり見て我がふり直せ」と言った。息子たちはコリコリキャベツをかじった。母親は「人に笑われる様なことはしないのよ」と言いながら、隣の兎の子どもがうまくジャンプが出来ないのを見て笑った。子どもたちは台所の窓に耳を並べて声をそろえて笑った。

「世間は甘くはないからな」とじいさん兎は、自分の葬式用の木の実をつぼに入れて八十四個と数えた。

「人にうしろ指をさされたことは無いのよ」

ばあさん兎はじいさんの葬式のとき、心臓発作を起こして、同じ穴に入った。

外の家族とは仲が悪かったから、どの兎たちも家族仲がよかった。

狐

狐は生まれてからずっと自分の美貌に感動しない日はなかった。

太陽がどこに止まったとき、自分の毛皮が黄金色に光るか、形のいい耳をほんのちょっと、いつひくつかせばいいか、大きな目をどんな風にうつむかせればいいか、ふわふわしたしっぽをびゅんと振るといかにドラマチックであるか、鼻の角度を何度につんと持ち上げれば誇り高い女に見えるか、etc……

恋人は狐に言った。

「君は恋をするのが下手だね。我を忘れないんだから」

狐は、我を忘れる様に見えるしっぽのふるわせ方を研究している。

カンガルー

朝日の中で、ピョーン、ピョーンとカンガルーがとんでいる。

雄のライオンはどたりと大地に横たわり、ものうく目を開けた。

「落ちつかない奴だな」昼になってライオンはカンガルーを見ながらつぶやいた。

夕陽の中でシルエットになりながら、カンガルーはピョーン、ピョーンとまだとんでいた。

あいつ、いつものを考えるんだろう。

そうか、あいつは考えないんだ。

きっと考えるのがこわいんだな、どたりと横たわったライオンは言うと、やおら立ち上がり、カンガルーめがけて、おそいかかった。

蜻蛉《とんぼ》

狐が川で水を飲んでいると、蜻蛉があしの葉に止まった。あしの葉はふるふるふるふるえた。川の水が突然光り直した様だった。

蜻蛉は飛び去った。

あしの葉は少しゆれて、それから死んだ様に静かになった。

狐は蜻蛉が戻って来たとき言った。

「わたしのブローチになってくれない？」

「いやだよ、不自由だもの」

「あなたが止まると川の水まで光るわ。あなたがわたしの胸に止まってくれたら、わたし自信が持てると思うの」と言って狐は涙をためた。

「どこへでも行ってあげる」

狐は言った。

「いやだよ」

蜻蛉は飛び立とうとした。狐の涙を見て蜻蛉は、狐の胸に止まった。

狐の胸で蜻蛉はふるふるふるえ、青い空をなつかしんだ。

「どこへも行かないでね」

狐は言った。

蜻蛉は川の水におしりをすって宙返りをしたいと思った。

「どこへも行かないでね」

狐は言った。

蜻蛉は狐の胸に止まったまま、羽をいためた。

次の日には二枚の羽が折れた。

狐は蜻蛉をむしり取ると捨てた。

狐は、じっとあげ羽ちょうを見つめていた。

山羊《やぎ》

山羊は好きな男の子が出来ると、ただ、ただ悲しくなってしまう。

そばに行って何か楽しいことを言おうと思うと、

「メエー」と世にも悲しい声が出てしまう。

行く道々、山羊は、あの人、わたしより好きな人が居るんだわ、もしかしたら昨日キスしたかも知れないと考える。

「メエー」

そしてそのまま家へ帰って来てしまう。そして夕陽を見て「メエー」と鳴く。

もしもわたしのこと好きになっても、いつか、「うるせえな」って言うわ、言うにきまっている。

「メエー」

きっと朝ごはん食べながら新聞の向こうで普段と同じ声で言うのよ。「別れよう」って。

「メエー」

夜、もしかしたら帰ってくるかも知れないって、わたしずっと待っているんだわ。

「メエー」

タンポポなんかしおれちゃって、サラダをおひたしにしなくちゃいけないんだわ。

「メエー」

タンポポを食べながら山羊はのどをそらして、

「メエー　メエー　メエー」と鳴きつづける。

「山羊って想像力を悪い方にしか働かせられないのね」

ごくらくとんぼが、山羊のつのの上に止まっている。

蜂

たくさんの子どもを並べて母さん蜂は言った。

「よくきいて、おしりの針を使うのはね」

子どもたちは一生懸命母さんの言うことをきいている。

末娘だけキョロキョロしてちっとも母さんの言うことをきいていなかった。

姉さんや兄さんは一匹ずつ巣から飛び立っていった。

母さんはキョロキョロしている末娘をつかまえて「お前よくききなさい。おしりの針を使うのはね、一生に一度、本当にお前の命が」

末娘はビーンビーンと泣き出し「母さんたらわたしのことばっか、わたしのことばっか、ばかにしているんだ。姉さんたちはもう飛んでいったのに」「そうじゃないのよ、大事な針で、お前は自分を守ら……」

「母さんは、わたしが針の使い方もわかんないばかだと思っているのね」末娘は飛び立つ前に母親を刺して死んだ。

「そうじゃないのよ……」母さん蜂は、涙と共にまぶたを閉じた。

犬

幼稚園で男の子と女の子がキスをしていた。おれはいいと思う。
駅で白人の女と黒人の男がキスをしていた。おれはいいと思う。
公園で高校生の男の子同士がキスをしていた。おれはいいと思う。
七十の老人と十六の女の子がキスをしていた。おれはいいと思う。

おれは二十六歳の人妻のふくらはぎをなめている。

「いやあーねえ、ポチったら」

おれの二十六歳の主人は、おれを抱き上げてキスをした。

おれはいいと思う。

亀

インカ帝国について講義を受けたのち、ありたちは修学旅行に行った。

「この大きな亀裂は、水道であった」

教授は言った。ありたちは並んで水道をぞろぞろ歩き、「たいしたもんだなあ」と言った。

「これは、円形劇場であった」

教授は説明した。ありたちは円形劇場をひとまわりしたのち、真ん中で合唱した。

それから廃墟のへりに並んで夕陽をながめた。
ありたちは、歴史の重みに厳粛な気分になったのである。
ありたちが帰ると、インカ帝国はゆっくり動き出した。
インカ帝国をしょったまま、亀は水をのみに行った。

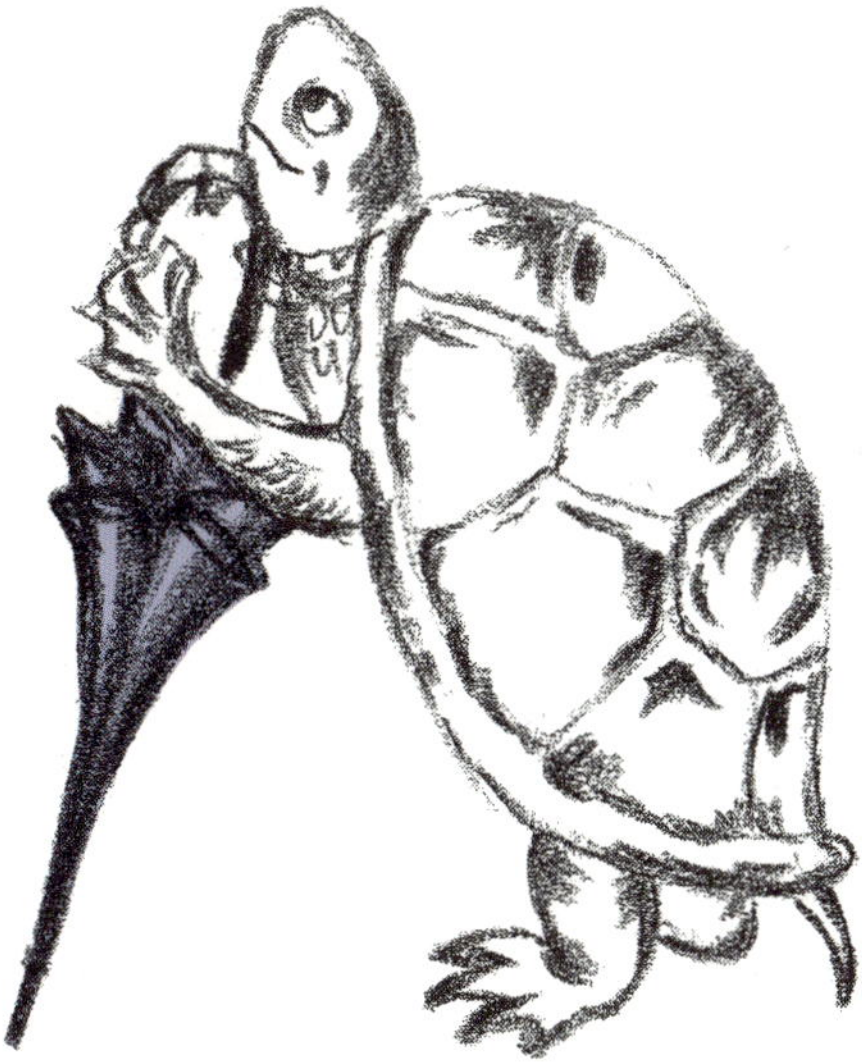

十姉妹《じゅうしまつ》

あんまりふえ続ける十姉妹の家族を見て、鳩は言った。

「あなた、子どもにちゃんと性教育をしなくっちゃ」

「セ、セックスのことなんか恥ずかしくて口に出来ないわ」十姉妹の母親は言った。

そして、たくさんの子どもたちがしっかり目を覚ましている時に、又、子作りをしているのだった。

十姉妹はふえ続ける。

鰐《わに》

「鰐の奴、神経というものがあるのかね」

「きいてみろよ」

「あら、ひっかいてやった方がいいんじゃない？」

「背中で洗濯させてもらったら」

「あなた、鰐に言い寄られたらどうする？」

「石の方がずっとましだわ」

フラミンゴは沼の石のこけをつついた。

石が少しだけ動いた。

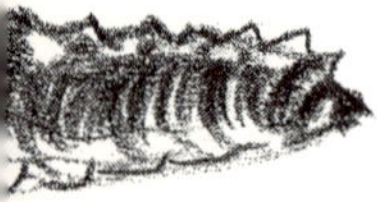

「あらいやだ、鰐だったわ」

鰐が石でも、石が鰐でも同じだった。

鰐はいつだって傷ついている。

鯨《くじら》

海の中で鯨より大きな生き物はいない。

鯨は海の中で、悠々と泳ぎ、時々、噴水に似た潮を吹き上げ、ゆったりとした時を生きて来た。

ある日突然、空から銀色に光る物体が海に突っ込んで来た。

「お前鳥か、でかい鳥か」

鯨はびっくりして、ぶくぶく沈んでゆく、羽根のある巨大な物体に問いかけた。

物体は海底につきあたり二つに折れた。

「あいつ身の程知らずなんだ。おれは空とぼうなんて思わないもんな。

あいつ自分の重さ気がついていなかったのかしら」

ペンギン

ペンギンはチャップリンの真似をしていると陰口をたたかれていた。

ペンギンはビデオショップで「街の灯」を借りて来て観た。

「こいつがおれの真似をしたんだ。しかしおれよりチャップリンの方がずっと面白いや」

ペンギンはむっとして言った。

馬

黒い馬と白い馬がいた。

黒い馬は白い馬を見てぼんやりして、それから胸がきゅうきゅう痛くなった。

白い馬はちらっと黒い馬を見たきり、目を上げられなかった。

黒い馬は胸がきゅうきゅう痛いまんま、白い馬のそばに座り、白い馬はうつむいたまんま前足で地面の草をひっかいていた。

「何ていい気持ち」

白い馬もそう思うだろうかと黒い馬は心配した。

「何ていい気持ち」

白い馬は黒い馬と同じ風を大急ぎで吸いこんだ。

「おれ、タンポポが好きでさあ」

「わたしもタンポポが好き」

蚊がブーンと言って飛んで来た。

「この野郎め」

黒い馬と白い馬は一緒にしっぽをびゅっと振り回した。

「ハハハハ」

二人は同時に笑い出し、びっくりして笑うのを止め、そして目をみつめ合うとポロポロ涙を流した。

いつの間にか二匹を区別出来なくなった。

「主体性のない奴らだな」

茶色い馬が言った。

二匹のしまうまがギャロップをして走り去った。

鶏《にわとり》

ひよこがそろそろ思春期にさしかかると、めんどりとおんどりはひそひそ相談を始めた。

「もう、そろそろいいんじゃないか」

「まだ、あの子はほんのはなたれよ。みみずと輪ゴムの区別がつかないんだから」

「子どもっぽいところと独立心がせめぎ合っているんだよ。とさかの色がずい分濃くなって来た」

「いやらしいのね、あなたって」

めんどりはくねくね身をよじらせて目をパチパチさせた。

父親は決心して息子を呼んだ。

「お前もそろそろ一人前だ。お前夢を見るか」

「夢なんか見ないよ」

父親はほっとした。

「おれたちは先祖代々同じ夢を見るんだ。夢を見た日からお前は立派な男だ。おれをうらまないで欲しい」

ある日親父と息子は同時にコケコッコーと鳴いた。

めんどりはうっすらと涙をためた。

息子は親父がくちばしで自分のとさかを思いっきりつ

つく夢を見た。
親父も。

蝙蝠《こうもり》

蝙蝠はテレビで人力飛行機レースの実況を見ていた。

「ウッウッウッがんばれ、もうちょっとだ」

ファーッと赤い人力飛行機は落下しはじめた。

「そうじゃない、そうじゃない。左の力を抜いて!!」

蝙蝠はソファーの上で歯をくいしばっていた。

それでも赤い人力飛行機は海の中にぺちゃりと落っこった。

白い飛行機は一度もとび上がらずに落下して行った。

蝙蝠は足をふんばって手のひらがじっとりしていた。

「もっと気楽にやればいいのに。ハハハ、人間が蝙蝠の真似なんかしょせん無理さ」

蝙蝠はテレビを消して散歩に行こうと思った。

蝙蝠はばたんとたおれてしまった。

「あれ、どうやってとぶんだっけ？」

パンダ

パンダは真っ白だった。そしてとんでもなく力があったので、ぶるんと手をふり回すと猿なんかひとたまりもなく息の根が止まってしまう。かげんというものを知らなかったから、パンダが来ると生き物は四方八方へ逃げて行った。

「おれ、みんなに好かれたいっす」パンダは神様の前で泣いた。

「見かけだけでよかったらね。本性はわたしでも変えられない」神様は静かに言った。

「見かけだけで、見かけだけでいいっす」

神様は、体に黒いぶちを与え両目のまわりに黒いくまをたらんとたらした。パンダは間が抜けた人の良さそうな人相になった。

それでも本性は変わらなかった。

「ねえ、かわいい!! パンダ」と黄色い声をはりあげるのは人間の子どもだけになった。

動物園のおりの外で。

見かけだけしかわからないのは、人間だけだと、神様はあの時からわかってらしたのです。

熊

「とうさん散歩に行こう」

仔熊は父親に言う。

「とうさん、手をつないでもいい？」

「とうさん、肩車してくれる」

「とうさん、泳いでみてくれよ」

「とうさん、僕とうさんの子どもでよかったよ。とうさんすごくとうさんらしいもの」

仔熊は、父親の手にぶらさがって、兎やりすに自慢す

る。

「おれはただ熊らしいだけさ。熊だからね」

父親の熊はつつましく答える。

かば

かばは一日中沼の中に体の九〇%を沈めて、目と鼻だけ出してじっと動かなかった。

派手なドレスをペカペカ光らせた小さな鳥が、毎日かばの耳と耳の間に止まって黄色い声でさえずっていた。

「ね、私の新しいカレシ紹介するわ」「……」「恋してないなんて生きてないみたいだもの」「……」「あなた今まで恋したことないの」「……ない」「ウソォー」鳥はデートのためにペカペカ光りながらとび去った。

かばはじっと動かず目を閉じた。かばは知っていた。沼の中に埋まっている大きな心臓に重い未使用の情熱がずっしりと眠っていることを。

その重い大きな心臓が燃えたら、かばは自分を制御できなくなることを。

鳥が戻って来て「ねえ、これからも恋しないの」と黄色い声で言う。

「しない」かばは深い声で答える。

魚

魚のところにオリンピックの水泳選手が来てたずねた。

「おれは魚のように泳ぎたい、形だけ真似してもだめだとわかった。魚の気持ちを知りたい、どんな気持ちなの」

「ふつうよ」

魚は答えて銀色に光って普通に泳いでいった。

象

アフリカで時々地震がおきる。

昼寝していたカメレオンは石の上ではね上がって地面に落っこちる。

カメレオンは「ちぇっ」と言って、また石の上にはい上がってゆく。

木の上であや取りをしていた猿の子どもはうしろにひっくり返って木のつるの糸が切れてしまう。二匹の猿の子は「あーあーあー」と言う。

かわいいめす象に惚れた象が、夢見ごこちでよろめいているのである。

猫

わたしの主人のお嬢さんは、ある日、きれいにきかざったドレスのまんま部屋に入って来ると、わたしをけとばして泣き叫びました。

「わたしは猫の様に愛されたかったのよ。だからわたしは猫の様にふるまったのよ。なまけもので高慢ちきでエゴイストって言われて捨てられたわ」

お嬢さんはベッドに身を投げて泣き続けてます。

わたしの真似して許される女は、たぐいまれに美しくなくっちゃいけないって気がつかないのかしら。
わたしはただの猫ですけどね。

虫

毛虫とかいも虫とか言わないでくださらない。
わたしたちただ思春期なのよ。

蛙《かえる》

蛙は見栄っぱりだと言う噂だった。毛が一本もないのに、シャンプーとリンスをしたからである。

きりん

きりんのきゃしゃな細い足の下からくぐもった声がきこえた。

「ぼくのこと好き?」「とっても」きりんは空の中から答える。

「今日のおひさまのこと教えて」

「うすい雲がかかってまあるい金の輪がかかっている」

「すてきだろうなあ」

「あなた、今何しているの」

「まっくらであったかい。オランウータンが赤ちゃんを産んだ波動がきこえる」

もぐらは光ってどんなものだろうと想像し、きりんは果てしない闇のあたたかさを考える。きりんともぐらは一度も会うことなく、とっても近くて、とっても遠い恋をしている。

蛇

蛇が嫌われたのは、イヴをそそのかしたからではない。いつも気持ちが乱れっ放しだったからである。乱れた気持ちをかくそうともしなかったのである。

喜びに身をくねらす蛇を見ると、ゴリラは赤くなって恋人に求愛したすぐあとの自分を思い出した。

別に恥ずかしいことでもないのに。

嫉妬にとぐろを巻く蛇に出くわすと年寄りの兎でさえ、若い妻が息子たちの家庭教師とかけ落ちした遠い昔のことを生々しく思い出した。

別に恥ずかしいことでもないのに。

木の枝から悲しみのためにだらっとぶらさがった蛇を見ると、いまだに本当の悲しみに突き当たらない熊は、いつの日かやって来るだろう悲しみのために恐怖が生まれるのだった。

別に恥ずかしいことでもないのに。

梟《ふくろう》

りすの子どもが遊びに来て言った。

「ぼく寝るとき、損したみたいに思うんだ。ぼくが寝てしまってから、きっといいことがある様な気がするの。いつだって気がつくと朝なんだもの。誰か見張っていてくれないかなあ」

梟は言った。

「安心しなよ。おれが見張っていてやる」

何年も何年も梟は闇の中で目を見開き耳をすましてい

た。

梟は夜と恋に落ちてしまった。

世界の半分を恋人に持った梟はりすの子どものことはすっかり忘れてしまった。

りすの子どもも梟にたのんだことを忘れた。りすの心配ごとは自分が寝てから父親と母親がこっそりくるみの実を食べるんじゃないかということだったから。

そして今はもう自分が父親だったから。

猿

猿は人生の大半を夫婦げんかをして暮らして来た。

「ここに食べ物を置かないで。何度言ったらわかるの」

「お前の味覚がにぶいんだ。りんごより芋がうまいなんて育ちがわかるぜ」

どんな小さなことも争いの種になった。

そうして年老いた。

年なりに呆けて来た。

「芋はやっぱりうまいな」夫はりんごということばを忘

れている。

「あらどうもありがとう、ここに靴下干してくれたのね」妻は自分がさっき洗濯した事をすっかり忘れていた。

「ありがとう」

「ありがとう」

ライオン

ライオンの妻は、結婚して十五年にもなるのに、夫のたてがみがゆさっとゆれるたびにほれぼれせずにはいられなかった。

夫がほえると妻は誇りのためにふるえるのだった。

夫が年老いると、妻はまことに勇気のあったものだけがたどりついたつつましさのために、だぶついた毛皮を優しくなめた。

そして夫は静かに岩陰に横たわり死んだ。

ついに夫は白い骨だけとなって月光に照らされた。

妻はそのとき初めて、夫の太陽に輝いたたてがみも、いさましいほえ声も、しまうまをうちとるときのしなやかな筋肉も、年老いてなお気高かった魂も、この白い骨が支えていたことがわかった。

妻は美しい夫の白い骨をいつまでもながめ、その横に自分の骨を並べた。

せみ

墓地の桜の木の幹に抱きついて、せみが鳴いていた。
力いっぱい鳴いていた。
そしてしばらく考えこむ。
人間って変だな、死んでから土の中に入るなんて。
又力いっぱい鳴く。そして又考えこむ。
土の中って生まれ来る希望の闇なのに。

力いっぱいせみは鳴いて、桜の木から落ちた。風が死んだせみをカラカラと運んだ。
透き通った羽が太陽にきらきら光っていた。

豚

「僕のこと好き？」

「キー」

「どこが」

「キー」

「ありがとう。君の鼻とても気品がある」

「キー」

「素直に喜ぶから君はとてもかわいい」

「キー」

「恥ずかしがったりもして、胸がドキドキする」

「キー」

「いつまでも一緒にいようね」

「キー」

「あのこと気にしなくてもいいんだよ。君だけしか僕は好きじゃないんだよ」

「キー」

「君のおしゃべりが、僕一番好きさ」

「キー」

「あの豚って『キー』しか言わないで何であんな素敵な

恋人持てたのかしら」
「キーしか言わないからさ」

あとがき

五歳のとき、中国の田舎でピカピカ光る真っ黒な豚に追いかけられたことがあった。人間を追いかけて食べてしまうのは狼だけだと思っていたので、豚が子どもの私を食べたがっているのかと大変恐ろしかった。

八歳のとき、十一匹の仔豚を産む豚を豚小屋のいちじくの木に登って見ていた。巨大な白い豚は白いというより汚れた桃色で近所の小父さんがかわりばんこに豚のおなかをさすって「ほーれ、がんばれよ。ほーれ、がんばれよ」と叫び、豚はうめき、子どもを産むのはあんな大きな豚も大変なことなのだと胸がつぶれそうであり、いちじくの枝が折れて、私は木から落っこった。

十一歳のとき、生まれて初めてトンカツを食べた。こんなうまいものがあったのかと、よだれとトンカツはまざり合い、世界中が溶けるかと私は幸せであった。

大人になって私は豚の絵を描きお金をもらいそれで肉団子を作ったかも知れない。豚がテレビを観て田中角栄は煮込み用にしかならないとは言わず、松田聖子は生ハムによさそうだとも言わない。

動物と人間の関係に於いてほとんどが一方的である。一方的に人間が動物にちょっかいを出すのである。やめて欲しいと動物は非常に永いこと思っているに違いない。もの言わない動物をもの言わないが故に勝手なイメージというものすら人間は作り上げた。おせっかいなはなしである。もの言わぬ豚のことを人間があれこれ言うのは僭越である。私は豚を語る資格などない。その様な野心を持たなかったことが私のせめてもの豚に対する礼儀であった。

私もまた、ほんの人間にすぎませんので。

一九八三年十二月　　佐野洋子

本書は『ほんの豚ですが』（一九八三年十二月、白泉社刊）
に新たな書き下ろしと挿画を加え、再構成したものです。

中公文庫

ほんの豚《ぶた》ですが

定価はカバーに表示してあります。

2001年２月10日印刷
2001年２月25日発行

著　者　佐野洋子《さのようこ》

発行者　中村　仁

発行所　中央公論新社　〒104-8320 東京都中央区京橋 2-8-7
TEL 03-3563-1431(販売部)　03-3563-3692(編集部)　振替 00120-5-104508

本文·カバー印刷　三晃印刷　用紙　王子製紙　製本　小泉製本

ISBN4-12-203786-7　C1195　Printed in Japan

中公文庫　てのひら絵本シリーズ

POPY

津田直美
『小さい犬 の生活』
『小さい犬 の日常』

DAYAN

池田あきこ
『ダヤンのスケッチ紀行 モロッコへ行こう』
『ダヤンのスケッチ紀行 英国とアイルランドの田舎へ行こう』
『ダヤンのおかしな国のお菓子の本』
『ダヤンのカントリーダイアリー』

伊勢英子
『グレイがまってるから』
『気分はおすわりの日』

GRAY

伊勢英子
『ぶう』

BOOH

佐藤多佳子　はらだたけひで 画
『イグアナくんのおじゃまな毎日』

甲斐扶佐義
『京都　猫町さがし』

佐野洋子
『ほんの豚ですが』

さらに続々刊行予定！